SUCCESSION

X. PITTET

PEINTURES DÉCORATIVES

TABLEAUX

Vᵉ RENOU ᴇᴛ MAULDE

IMPRIMEURS DE LA COMPAGNIE DES COMMISSAIRES-PRISEURS

Rue de Rivoli, 144

CATALOGUE

DE NOMBREUSES

PEINTURES DÉCORATIVES

PANNEAUX, DESSUS DE PORTES, PLAFONDS

PRINCIPALEMENT

De l'École française du xviiie siècle

PORTRAITS ET TABLEAUX DIVERS

Des diverses Écoles

MEUBLES ANCIENS, OBJETS D'ART ET CURIOSITÉS

CADRES ANCIENS

Livres, Chevalets et Ustensiles d'atelier

DONT LA VENTE AURA LIEU

Par suite du Décès de X. PITTET

HOTEL DROUOT, SALLE N° 1

**Les Mardi 11, Mercredi 12, Jeudi 13, Vendredi 14
et Samedi 15 Janvier 1887**

A DEUX HEURES

COMMISSAIRES-PRISEURS :

Mᵉ P. CHEVALLIER	Mᵉ H. COUTURIER
rue Grange-Batelière, nᵒ 10	rue Chaptal, nᵒ 2

EXPERT

M. B. LASQUIN, rue Laffitte, nᵒ 12

CHEZ LESQUELS SE TROUVE LE PRÉSENT CATALOGUE

EXPOSITION PUBLIQUE

LE LUNDI 10 JANVIER 1887

PARIS — 1887

CONDITIONS DE LA VENTE

Elle sera faite au comptant.

Les Acquéreurs paieront CINQ POUR CENT en sus du prix d'adjudication, applicables aux frais.

AVIS

L'emplacement faisant défaut pour une Exposition générale de tous les Tableaux de la Succession PITTET, on a dû s'arrêter aux dispositions suivantes :

Lundi 10 Janvier, Salles n°s 1 et 3. — Exposition publique des Tableaux qui seront vendus le lendemain, *Mardi 11*, dans la Salle n° 1.

Mardi 11 Janvier, Salle n° 3. — Exposition publique des Tableaux qui seront vendus le *Mercredi 12*, dans la Salle n° 1.

Les Tableaux, Peintures décoratives, Objets d'art, Meubles, Cadres, etc., composant les Vacations des *Jeudi 13, Vendredi 14 et Samedi 15*, seront exposés en partie chaque jour, avant la Vente, de 1 heure à 2 heures.

ORDRE DES VACATIONS

L'ORDRE NUMÉRIQUE NE SERA PAR SUIVI

Mardi 11 Janvier

Tableaux et Peintures décoratives..... N°s 1 à 126

Mercredi 12 Janvier

Tableaux, Plafonds et Peintures décoratives............... 127 à 261

Jeudi 13 Janvier

Tableaux et Peintures décoratives..... 262 à 403

Vendredi 14 Janvier

Tableaux, Livres, Objets d'art et Meubles....................... 404 à 510

Samedi 15 Janvier

Cadres, Boiseries et Toiles décoratives, non montées sur châssis.

TABLEAUX

Vacation du Mardi 11 Janvier

PANNEAUX DÉCORATIFS

1 — BACHELIER. Chat guettant un nid d'oiseaux près d'une fontaine; coq, poules, canard et fleurs. Beau panneau décoratif en hauteur. H. 2m80. L. 1m32.

2 — BOUCHER (Attribué à). La Fontaine de l'Amour. Joli panneau décoratif. H. 2m40. L. 1m40.

3 — BOUCHER (École de). La Déclaration. H. 1m58. L. 0m96.

4 — BOUCHER (École de). Le Mouton chéri. Camaïeu bleu. H. 1^m32. L. 1^m.

5 — BOUCHER (École de). Les Forges de l'Amour. H. 1^m05. L. 1^m24.

6 — BOUCHER (École de). Allégories de la Musique et de la Danse, figurées par des jeunes filles et des amours sur des nuages. Deux grisailles. H. 1^m52. L. 1^m10.

7 — CONCA (Sébastiano). La Musique. H. 1^m10. L. 1^m35.

8 — DENEUX (D.), 1776. Le Sommeil du Berger, d'après F. Boucher. H. 2^m40. L. 1^m95.

9 — DENEUX (D.). La Leçon d'Amour, d'après Baudoin. H. 2^m40. L. 2^m.

10 — DENEUX (D.). Scène russe, d'après J.-B. Leprince. H. 2^m40. L. 2^m10.

11 — DENEUX (D.). Bergère jouant de la flûte, d'après F. Boucher. H. 2^m40. L. 1^m10.

Quatre beaux Panneaux décoratifs à médaillon central, avec écoinçons à groupes d'Amours en grisaille et gracieux motifs d'encadrements relevés de dorure.

12 — DESPORTES. Autruche, cygnes et canards dans un parc. Panneau de salle à manger. H. 1^m15. L. 1^m48.

13 — DESPORTES (École de). Animaux et volatiles. H. 1^m15. L. 1^m48.

14 — DESPORTES (Attribué à). Deux Chiens de chasse; trophée de gibier. H. 1^m35. L. 2^m06.

15 — FYT. Chien gardant du gibier mort. H. 0^m84. L. 1^m13.

16 — HARDIMÉ. Deux Amours enguirlandant un buste. H. 1^m60. L. 1^m10.

17 — HARDIMÉ (P.). Fleurs dans un vase. H. 1^m35. L. 0^m80.

18 — LAGRENÉE. Minerve entourée de Muses, de Naïades et d'une Source. Grande composition allégorique. H. 2^m80. L. 2^m05.

19 — LANCRET (Genre de). Les Oiseleurs. H. 1^m32. L. 1^m55.

20 — LEPRINCE (J.-B.). Scènes chinoises : la Partie de cartes et le Thé. Deux panneaux décoratifs en hauteur. H. 1^m55. L. 0^m80.

21 — LERICHE (Attribué à). Corbeille de fleurs et vase de fruits sur une console. H. 1^m18. L. 1^m44.

22 — LOO (César Van). Baigneuses près d'une grotte.

23 — LOO (César Van). Paysage avec château-fort. Deux panneaux décoratifs signés et datés 1787. H. 3^m60. L. 2^m05.

24 — MARTIN (Le Jeune). Le Repos des Chasseurs. H. 2^m14. L. 1^m74.

25 — MONNOYER (Baptiste). Nature morte. Sur une console de pierre recouverte en partie d'un tapis et d'une étoffe bleue drapée, plusieurs pièces d'orfèvrerie placées près d'un vase contenant un bouquet de fleurs. A terre une aiguière renversée, deux pastèques et un singe. Très belle composition d'un vif coloris. Cadre sculpté à fronton. H. 2^m10. L. 1^m55.

26 — MONNOYER (Baptiste). Grand Bouquet de roses, pivoines et tulipes dans un vase posé sur une console de marbre. Cadre sculpté. H. 1^m25. L. 0^m96.

27 — MONNOYER (Baptiste). Bouquet de roses, pivoines et œillets dans un vase de terre cuite.

28 — NATOIRE. La Peinture figurée par un groupe d'enfants. H. 0^{m}88. L. 1^{m}12.

29 — NORBLIN (Attribué à). Chasse au Faucon.

30 — NORBLIN (Attribué à). Halte à l'Auberge.

31 — NORBLIN (Attribué à). Rendez-Vous de chasse.

32 — NORBLIN (Attribué à). Promenade au Camp. H. 2^{m}75. L. 1^{m}72.

33 — OUDRY (Attribué à J.-B.). Chien en arrêt sur deux perdrix. H. 1^{m}27. L. 1^{m}44.

34 — OUDRY (Attribué à J.-B.). Renard et Faisan. H. 1^{m}27. L. 1^{m}44.

35 — OUDRY (Genre de). Vautour attaquant un héron; chiens, cygnes et canards au bord d'un cours d'eau. H. 1^{m}72. L. 2^{m}32.

36 — OUDRY (Attribué à Ch.). Chat dérobant des huitres.

37 — OUDRY (Attribué à Ch.). Chien flairant un jambon. Pendant du précédent. H. 0^{m}80. L. 1^m.

38 — ROBERT (Hubert). Port de mer, la nuit, éclairé par un phare, avec groupe de villageois autour d'un brasier. H. 3^{m}62. L. 2^{m}05.

39 — SARRAZIN, 1789. Monuments en ruine au bord d'un torrent. H. 1^{m}70. L. 1^{m}35.

40 à 43 — SPAENDONCK (Attribué à G. Van). Quatre Panneaux représentant des fleurs, des fruits, des oiseaux, des volatiles et des attributs de chasse et de pêche, dans des parcs avec pièces d'eau, décorés de vases, de statues et de monuments en ruines. H. 2^{m}50. L. 2^{m}60. 2^{m}75. 2^{m}50 et 2^{m}40.

44 — SPAENDONCK (Attribué à Van). Balustrade enguirlandée de roses et surmontée d'un vase auprès d'une fontaine. H. 1m60. L. 1m15.

45 — STOLKER (J.). 1766. La Musicienne. H. 2m95. L. 1m34.

46 — UTRECHT (A. Van). Concert d'oiseaux. H. 2m40. L. 1m75.

47 — VICTORS. Oiseaux de proie fondant sur un poulailler. H. 1m62. L. 2m34.

48 — WITT (De). L'Amitié et l'Innocence. Deux médaillons ovales en grisaille, dans des encadrements bruns. H. 1m48. L. 1m62.

49 — ÉCOLE FRANÇAISE DU XVIIIe SIÈCLE. Fruits et pâtisserie sur un dressoir architectural à groupes d'amours et guirlandes de fleurs dans un parc. H. 2m23. L. 1m35.

50 — ÉCOLE FRANÇAISE DU XVIIe SIÈCLE. Figure allégorique de l'Abondance, assise sur un nuage, entourée de génies ailés et de colombes. Plafond rond sur châssis carré. H. 2m.75. L. 2m75.

51 — ÉCOLE FRANÇAISE DU XVIIIe SIÈCLE. Le Moulin de Charenton. Au premier plan, un dessinateur au bord de l'eau et deux villageois. Importante décoration composée dans le goût de Boucher. H. 2m90. L. 2m73.

52 — ÉCOLE FRANÇAISE DU XVIIIe SIÈCLE. La Danse. Deux couples de villageois dansent le menuet à l'entrée d'un parc. H. 2m95. L. 5m.

53 — ÉCOLE FRANÇAISE DU XVIIIe SIÈCLE.
La Balançoire. Sur la terrasse d'un parc orné
de bosquets et d'une pièce d'eau, plusieurs
enfants se divertissent au jeu de la balançoire.
H. 3^m. L. 3^m90.

54 — ÉCOLE FRANÇAISE DU XVIIIe SIÈCLE.
L'Éducation de l'Amour. Grande maquette
pour tapisserie. H. 2^m60. L. 4^m50.

55 — ÉCOLE FRANÇAISE DU XVIIIe SIÈCLE.
Paysage avec torrent coulant sous bois, animé
de pêcheurs, à droite un obélisque. H. 2^m07.
L. 3^m45.

56 — ÉCOLE FRANÇAISE DU XVIIIe SIÈCLE.
Bergère dans un paysage alpestre. H. 3^m60.
L. 2^m05.

57 — ÉCOLE HOLLANDAISE. Grand Paysage
boisé avec figures de paysans conduisant des
troupeaux. H. 2^m55. L. 3^m38.

58 — ÉCOLE HOLLANDAISE. Fleurs dans un vase
à mascarons. H. 1^m06. L. 0^m83.

DESSUS DE PORTES

59 — BOUCHER (École de). Les Beaux-Arts et les
Amours vendangeurs. Deux dessus de portes.
H. 0^m85. L. 1^m42.

60 — BLAIN DE FONTENAY. Vase de fleurs et
fruits variés. H. 0^m90. L. 1^m40.

61 — CHARDIN (Attribué a). Fruits. H. 0^m88 L. 1^m44.

62 — COYPEL (École des). La Peinture. H. 0^m98. L. 1^m30.

63 — HUILLIOT. Attributs des Sciences et des Beaux-Arts. Signé et daté 1742. H. 1^m02. L. 1^m26.

64 — MARIO DI FIORI. Fleurs et fruits. Deux pendants. H. 1^m66. L. 1^m44.

65 — MONNOYER (Attribué à BAPTISTE). Attributs de chasse dans des guirlandes de fleurs et de fruits.

66 — SAUVAGE. Jeux d'Amours. Grisaille imitant un bas-relief. H. 0^m88. L. 1^m64.

67 — SAUVAGE (Attribué a). Figures allégoriques debout dans des médaillons enguirlandés de groupes de fruits peints en grisaille. Trois dessus de portes. H. 0^m90. L. 1^m50.

68 — TARAVAL. Trois compositions allégoriques H. 1^m. L. 1^m50.

69 — VALLAYER-COSTER (Attribué à Mme). La Comédie et la Tragédie. Deux pendants de forme ovale. H. 0^m81. L. 1^m. 36.

70 — WITT (JACQUES DE). L'Hiver. Signé et daté 1742. H. 0^m86. L. 1^m55.

71 — ÉCOLE FRANÇAISE DU XVIIIe SIÈCLE. Médaillon en grisaille, à figure de Vestale. encadré d'une guirlande de fleurs. H. 0^m90, L. 1^m50.

72 — ÉCOLE FRANÇAISE DU XVIIIe SIÈCLE. Jeux d'enfants : le Colin-Maillard et le petit Trompette. H. 0^m90. L. 1^m40.

73 — ÉCOLE FRANÇAISE DU XVIIIᵉ SIÈCLE.
Les Quatre Saisons. Quatre petits dessus de
portes.

74 — ÉCOLE FRANÇAISE DU XVIIIᵉ SIÈCLE.
Bouquets de Fleurs entourées de branchages
et de rubans bleus à glands d'or. Quatre
dessus de portes. H. 0ᵐ75. L. 1ᵐ20.

75 — ÉCOLE FRANÇAISE DU XVIIIᵉ SIÈCLE.
Sujets mythologiques. Trois dessus de portes
en camaïeu bleu. H. 0ᵐ90. L. 1ᵐ53.

76 — ÉCOLE FRANÇAISE DU XVIIIᵉ SIÈCLE.
Amours oiseleurs. Deux dessus de portes.
H. 0ᵐ75. L. 1ᵐ30.

77 — ÉCOLE FRANÇAISE DU XVIIIᵉ SIÈCLE.
Enfant représenté en Mercure dans un motif
d'architecture. H. 1ᵐ02. L. 0ᵐ36.

78 — ÉCOLE FRANÇAISE DU XVIIIᵉ SIÈCLE.
Hercule et Omphale. Acis et Galatée, deux
pendants. H. 0ᵐ86. L. 1ᵐ30.

PORTRAITS

79 — ALLORI dit le BRONZINO (attribué à). Portrait
de femme. A mi-jambes, en corsage rouge à
crevés, avec manches recouvertes en guipure,
tournée vers la gauche, la coiffure ornée de
bijoux, elle tient ses gants d'une main et de l'autre
elle relève sa jupe. Bois. H. 0ᵐ95. L. 0ᵐ68.

80 — ALLOU (G.). Portrait d'un **Fumeur**. **Signé** et
daté 1715.

81 — ALLOU. Portrait du maréchal de Fabert. En
buste, revêtu de la cuirasse. Pastel signé et
daté 1754. H. 0^{m}64. L. 0^{m}62.

82 — BAILLEUL. Portrait d'un Architecte. En habit
de velours, tenant un porte-crayon, les mains
appuyées sur des plans. Signé et daté 1740.

83 — BLANCHET (L.-G.). Portrait d'Homme. En
habit bleu bordé de fourrure et garni de passe-
menterie d'or. H. 0^{m}99. L. 0^{m}74.

84 — CLOUET (École de). Portrait d'un jeune Seigneur. En buste, coiffé d'une toque noire avec
plume blanche. Bois. H. 0^{m}36. L. 0^{m}26.

85 — CLOUET (École de). Portrait présumé de Jeanne
d'Albret, en pied, grandeur nature. H. 1^{m}95.
L. 1^{m}20.

86 — ÉCOLE FRANÇAISE DU XVIe SIÈCLE.
Portrait en pied du roi François Ier. Debout en
costume de cour à pourpoint rayé, la main
gauche appuyée sur le pommeau de son épée.
H. 2^{m}05. L. 1^{m}11.

87 — LARGILLIÈRE (Attribué à). Portrait présumé
du duc d'Antin. En habit de velours bleu brodé
d'or et manteau rouge jeté sur l'épaule gauche.
H. 1^m. L. 0^{m}80.

88 — LOO (Attribué à A. Van). Portrait de Femme
coiffée d'un turban. Ovale. H. 0^{m}44. L. 0^{m}31.

89 — LOO (Attribué à C.). Portrait présumé de Fré-
déric II, roi de Prusse. Cadre Louis XIV,
sculpté. H. 1^{m}27. L. 0^{m}98.

90 — MIGNARD (Attribué à). Portrait d'un Commandant d'armée. Revêtu de l'armure et tenant le
bâton fleurdelysé, il porte le cordon du Saint-
Esprit en écharpe. H. 1^{m}28. L. 0^{m}95.

91 — NATOIRE. Portrait de jeune Femme. En peignoir blanc et corsage à rubans roses, elle est
assise devant une toilette et tient un collier de
perles. H. 1^{m}05. L. 0^{m}79.

92 — NATTIER (Genre de). Portrait de jeune Femme
représentée en Diane Chasseresse.

93 — NETSCHER (Gaspard). Portrait d'une Dame
noble. En buste de trois quarts, regardant de
face, en costume de cour à corsage décolleté,
broché d'or et orné de dentelles, la main droite
ramenant un manteau de soie bleue. Chevelure
bouclée. Cadre sculpté. Forme ovale. H. 0^{m}71.
L. 0^{m}55.

94 — PORBUS (Attribué à F.). Portrait présumé de
Louise de Vaudemont, femme de Henri III.
Représentée en buste de face, corsage de satin
gris orné de broderies. Le cou entouré d'un
collier de perles. H. 0^{m}60. L. 0^{m}50.

95 — RIGAUD (Attribué à). Portrait de Louis XIV.
En costume royal, à mi-jambes, grandeur nature. H. 1^{m}42. L. 1^{m}10.

96 — RAOUX (Attribué à). Portrait de jeune Femme.
En toilette de satin blanc, représentée avec les
emblèmes de Flore, elle s'appuie sur l'épaule
de Zéphyre qui tient une corbeille fleurie.
Forme ovale. H. 1^{m}42. L. 1^{m}15.

97 — TOCQUÉ (Attribué à L.). Portrait de jeune
Femme, à mi-corps, en peignoir bleu et tenant
une fleur.

98 — TOURNIÈRES. Portrait de jeune Femme. En élégant costume de soie noire enrichi de broderies d'or, elle tient un masque.

99 — TRINQUESSE? Portrait de jeune Femme, cheveux poudrés. Signé d'un monogramme et daté 1782.

TABLEAUX DES DIVERSES ÉCOLES

100 — COYPEL (C.-A.). Bacchus conduit par l'Amour auprès d'Ariane. Composition gracieuse d'un coloris agréable. H. 1ᵐ07. L. 1ᵐ40.

101 — CRÉPIN. La Passerelle.

102 — DE TROY. Angélique et Médor. H. 1ᵐ55. L. 1ᵐ20.

103 — DIELAERT (Ch. Van). Nature morte. Fruits variés, hanap, vidrecome sur une console recouverte d'un tapis] de Smyrne. Signé et daté 1666. H. 1ᵐ32. L. 1ᵐ14.

104 — FRANCK FLORIS. Fleuve, naïades et tritons. Bois. H. 1ᵐ30. L. 1ᵐ75.

105 — GIOTTO (École du). Intérieurs de monastères. Deux pendants.

106 — GIOTTO (École du). La Vierge, l'Enfant et deux Saints. Dans le haut le Père éternel. Peinture sur fond doré. Forme ogivale. H. 0ᵐ81. L. 0ᵐ48.

107 — GUARDI. Fête publique sur la Piazzetta. Esquisse.

108 — HALLÉ. La Nuit et l'Aurore. Deux pendants. Cadres sculptés. H. 0^m30. L. 0^m39.

109 — HEEM (David de). Corbeille de fruits. Cadre sculpté. H. 0^m76. L. 1^m05.

110 — LONGHI (Pierre). Atelier de brodeur.

111 — Concert en famille. Deux pendants. H. 0^m81. L. 1^m10.

112 — LORENZO DI CREDI (Attribué à). L'Adoration de l'Enfant Jésus. Près de l'étable, la Vierge et saint Jean enfant adorent le divin Sauveur. Dans le fond un port, la mer à l'horizon. Forme cintrée du haut. H. 0^m64. L. 0^m46.

113 — MACHY (de). Façade d'un palais à colonnade. H. 0^m84. L. 1^m52.

114 — MACHY (de). Coupe d'un Pavillon et projet d'un Pavillon. Signé. H. 0^m85. L. 0^m74.

115 — MARTIN dit le JEUNE. Le Départ pour la Chasse. Sur une terrasse, deux dames et trois cavaliers, accompagnés de pages et de valets se disposant à partir pour la chasse au faucon. Dans le fond un paysage avec château-fort. H. 0^m72. L. 0^m88.

116 — ORLEY (B. Van). Vierge allaitant l'Enfant Jésus. Bois. H. 0^m39. L. 0^m27.

117 — OUDRY (J.-B.). La Ferme. Sur une terrasse plantée de grands arbres et dominant l'abreuvoir, un jeune seigneur et trois dames se livrent au plaisir de l'escarpolette.

118 — OUDRY (J.-B.). Le Château. Situé au bord d'une rivière sur laquelle deux jeunes dames se font conduire en barque. Intéressantes peintures signées J.-B. Oudry et datées 1729. H. 0m90. L. 1m21.

119 — PILLEMENT Jean. Le Retour du marché. Dans un paysage agreste coupé par une rivière, une foule de paysans avec charrettes et bestiaux passent sur une route, quelques-uns arrêtés sur un pont relèvent une mule tombée sous son fardeau. Composition très mouvementée. Signée à gauche J. Pillement, 1791. H. 0m70. L. 0m95

120 — RAOUX. Uranie. H. 1m40. L. 1m20.

121 — TISIO (Benvenuto), dit le GAROFALO. Repos de la Sainte Famille. Saint Joseph, la Vierge et l'Enfant Jésus assis au pied d'un bouquet d'arbres. Bois. H. 0m57. L. 0m43.

122 — VERDUSSEN (J.-P.). Convoi militaire traversant un pont. Beau tableau de l'artiste. Signé en toutes lettres. H. 1m19. L. 1m51.

123 — VOLAIRE (Chevalier). Éruption du Vésuve. H. 0m68. L. 1m15.

124 — ÉCOLE FRANÇAISE. Construction d'une écluse sous Louis XIV. H. 1m12. L. 1m34.

125 — ÉCOLE FRANÇAISE. La Lettre et le Café. Deux scènes d'intérieur, compositions de trois figures.

126 — ÉCOLE ITALIENNE DU XVIIe SIÈCLE. Promenade aux abords d'une ville animée de nombreuses figures. H. 0m84. L. 2m56.

Vacation du Mercredi 12 Janvier

PANNEAUX DÉCORATIFS

127 — BLAIN DE FONTENAY. Trois Panneaux.
Cariatides soutenant des corbeilles de fleurs et
de fruits.

128 — BOUCHER (École de). Bergères à la fontaine.

129-130 — DE MARNE. Guerriers dans la montagne.
Deux beaux panneaux décoratifs, en hauteur.
H. 2^m75. L. 1^m58 et 1^m34.

131 — HUET G.-B. Vertumne et Pomone.

132 — LA HYRE (L. DE). Figure allégorique de la
Force.

133 — LAIRESSE (Attribué à G. DE). Allégorie du
Commerce : Trumeau.

134 — LAIRESSE (Attribué à G. DE). L'Abondance.

135 — LAJOUE. Figures allégoriques et architecture.

136 — LECLERC DES GOBELINS (Attribué à).
Pastorale : un Berger et deux Bergères assis
sur un tertre.

137 — LEPRINCE (J.-B.). Le Concert Russe : Panneau décoratif. H. 2^m34. L. 2^m.

138 — LOO (D'après VAN). Le Concert. Peinture en
camaïeu rose.

139 — MONNOYER (Attribué à Baptiste). Buste de
Diane en marbre blanc, enguirlandé de fleurs.
Forme ovale.

140 — OUDRY (Attribué a). Chien et Cygne dans les
roseaux.

141 — OUDRY (Ecole de). Dindons, Oies, Canards.
Panneau de salle à manger. H. 1ᵐ28. L. 1ᵐ70.

142 — SPAENDONCK (Genre de Van). Guirlandes
de fleurs.

143 — VALLAYER COSTER (Attribué à Mᵐᵉ). Corbeille de fleurs et de pêches ; faisan doré et colombes.

144 — VOS Paul de. Chiens forçant des cerfs. H. 1ᵐ98.
L. 3ᵐ48.

145 — VOS (de). Chien combattant des taureaux. H.
2ᵐ15. L. 3ᵐ35.

146 — ÉCOLE FRANÇAISE. Chasse à l'ours.

147 — ÉCOLE FRANÇAISE. Chasse au Sanglier.
Deux grandes compositions. H. 2ᵐ88. L. 1ᵐ92.

148 — ÉCOLE FRANÇAISE. Deux anciennes vues
de châteaux.

149 — ÉCOLE FRANÇAISE. Amours dans un médaillon ovale avec montants à guirlandes de
fruits ; Panneau en grisaille, simulant une
sculpture.

150 — ÉCOLE FRANÇAISE. Amours soulevant un
bloc de pierre. Allégorie : Trumeau de glace.

151 — ÉCOLE FRANÇAISE. Fruits placés sur
l'appui d'une croisée.

152 — ÉCOLE FRANÇAISE. Fleurs dans un vase et
fruits sur une table.

153 — Panneau en vernis Martin : Vase décoratif.

154 — ÉCOLE HOLLANDAISE du XVIIIe SIÈCLE.
Les Fermières.

155 — ÉCOLE HOLLANDAISE du XVIIIe SIÈCLE.
Le Retour du Marché.
Toiles décoratives. H. 2^m40. L. 1^m90.

156 — ÉCOLE HOLLANDAISE du XVIIIe SIÈCLE.
Le Concert champêtre.

157 — ÉCOLE HOLLANDAISE du XVIIIe SIÈCLE.
Le Repos des Villageois.
Deux Panneaux en hauteur.

158 — ÉCOLE HOLLANDAISE du XVIIIe SIÈCLE.
Paysages avec cours d'eau. Deux grands Panneaux décoratifs. H. 2^m55. L. 3^m35.

159 — ÉCOLE HOLLANDAISE du XVIIIe SIÈCLE.
Quatre Figures allégoriques : La Justice, la
Prudence. la Vérité et la Force. Panneaux
décoratifs. H. 2^m35. L. 0^m90.

160 — ÉCOLE HOLLANDAISE du XVIIIe SIÈCLE.
Bouquet dans un vase en faïence. Panneau
étroit.

161 — ÉCOLE ITALIENNE. Bacchus et Ariane.

162 — ÉCOLE ITALIENNE. Neptune et Amphitrite.
Deux pendants.

PLAFONDS

163 — GIORDANO (Luca). Amours tenant des grappes
de raisin. Petit plafond. H. 1^m40. L. 1^m60.

164 — RICCI (Sebastiano). La Nativité. Esquisse pour
plafond.

165 — VERONÈSE (Attribué à P.). Composition allégorique. Motif de plafond.

166 — VERONÈSE (Attribué à P.). Mars et Vénus. Motif de plafond.

167 — VOUET (École de S.). Sujet allégorique. Plafond de forme ovale. H. 1^{m}90. L. 3^{m}30.

168 — VOSS (C.). Guirlande de fleurs. Motif de plafond.

169 — ÉCOLE FRANÇAISE DU XVIIe SIÈCLE. Figures allégoriques dans des nuages. Plafond. H. 1^{m}70. L. 2^{m}60.

170 — ÉCOLE FRANÇAISE. Amours dans les nuages. Petit plafond ovale. H. 1^{m}90. L. 1^{m}60.

171 — ÉCOLE FRANÇAISE. Allégorie de la Force et de la Justice. Plafond. H. 2^{m}20. L. 1^{m}65.

172 — ÉCOLE ITALIENNE. La Paix, la Guerre et la Renommée. Plafond. H. 3^{m}10. L. 2^{m}15.

173 — ÉCOLE ITALIENNE. Rondes d'amours. Deux petits plafonds. H. 1^{m}60. L. 1^{m}20.

174 — ÉCOLE ITALIENNE. Groupe d'amours. Fragment de plafond.

175 — ÉCOLE ITALIENNE. Oiseaux et ornements. Petit plafond circulaire.

176 — ÉCOLE ITALIENNE. L'Innocence surprise par l'Amour. Petit plafond.

177 — ÉCOLE ITALIENNE DU XVIIe SIÈCLE. Apothéose d'un Souverain. Projet de plafond.

178 — ÉCOLE VÉNITIENNE. Figures mythologiques. Grand plafond.

DESSUS DE PORTES

179 — ALBANE. Vénus et l'Amour.

180 — ALBANE. Une Métamorphose. Deux grands dessus de portes. H. 0m84. L. 2m58.

181 — AUBÉ M. La Peinture et la Géométrie. Deux petits dessus de portes, signés et datés 1780.

182 — BATTONI (Pompeo). La Fille de Ditubade. Dessus de porte.

183 — BOUCHER (École de). Laveuses près d'un pont, et Chasse aux canards. Deux dessus de portes.

184 — BOUCHER (École de). Groupe d'Amours, figurant l'Automne. Dessus de porte.

185 — BOUCHER (École de). Groupes d'Amours, figurant la Musique et la Poésie. Deux dessus de portes, peints en grisaille. H. 0m86 L. 1m66.

186 — BOUCHER (École de). Groupes d'Amours : La Poésie et l'Architecture. Deux dessus de portes en grisaille.

187 — BOUCHER (École de). Une Muse et l'Amour. Dessus de porte peint en grisaille.

188 — LAIRESSE (Gérard de). Amours enguirlandant un médaillon. Dessus de porte. H 0m86. L. 1m57.

189 — LANCRET (Genre de). La Leçon de Flûte. Peinture en camaïeu bleu.

190 — LERICHE (Attribué à). Vase de fleurs et motif architectural. Dessus de porte.

191 — LE RICHE Attribué à. Fleurs, Fruits et Plat d'étain. Dessus de porte.

192 — SAUVAGE. Jeux d'enfants, peintures en grisaille, imitant des bas-reliefs. Deux dessus de portes.

193 — SAUVAGE. La Moisson et la Vendange. Bas-reliefs peints en grisaille formant dessus de portes.

194 — ECOLE FRANÇAISE. Bouquets de fleurs variées dans des jardinières de style Grec. Deux dessus de portes.

195 — ECOLE FRANÇAISE. Concert d'enfants, en camaïeu rose.

196 — ECOLE FRANÇAISE. Offrande au dieu Pan. Dessus de porte peint en grisaille.

197 — ECOLE FRANÇAISE. L'Été et l'Automne. Dessus de porte en camaïeu bleu.

198 — ECOLE FRANÇAISE. L'Été et l'Hiver. Deux dessus de portes en camaïeu bleu.

199 — ECOLE FRANÇAISE. La Pêche à la ligne. Dessus de porte.

200 — ECOLE HOLLANDAISE. Fruits variés, Bouquet de fleurs et Plat en vermeil. Dessus de porte.

201 — ECOLE HOLLANDAISE. Oiseau sur une cage. Dessus de porte.

202 — ECOLE HOLLANDAISE. Vase avec fleurs et oiseaux, panneau en hauteur.

203 — ECOLE HOLLANDAISE. Groupe d'Amours personnifiant l'Été et l'Automne. Deux dessus de portes.

204 — ÉCOLE MODERNE. La Musique et la Danse.
Deux dessus de portes peints en grisaille imitant des bas-reliefs.

———

PORTRAITS

205 — CHARDIN (Attribué à). Portrait de jeune Femme
en corsage rouge, orné d'un œillet. Forme
ovale.

206 — COELLO (École de). Portrait de Femme en
pied, en costume du xvie siècle.

207 — COELLO (École de). Portrait d'Homme en costume du xvie siècle.

208 — COQUES (Attribué à G.). Petit Portrait d'un
Gentilhomme en buste. Forme ovale.

209 — DANLOUX (Attribué à). Jeune Fille assise, les
bras croisés, en corsage rayé de bleu.

210 — DE TROY. Portrait d'Homme en buste, revêtu
d'un manteau grenat.

211 — DUPLESSIS. Portrait du Comte de Provence
en buste de face. Forme ovale.

212 — GÉRICAULT (Attribué à). Portrait présumé du
Roi de Rome, représenté assis sur un rocher.

213 — LARGILLIÈRE (École de). Portrait d'un Commandant d'armée, revêtu de l'armure.

214 — LA TOMBE (P.-F. DE), 1776. Portrait de
Franklin. En buste de grandeur nature, vêtu
d'un habit rouge. Pastel de forme ovale.

215 — LOO (École de Van,. Portrait d'un Maréchal de France, revêtu de l'armure et portant les ordres du Saint-Esprit et de la Toison d'Or.

216 — MIGNARD (Attribué à). Portrait d'Anne d'Autriche, représentée de trois quarts en robe de velours noir avec guimpe et manches de guipure.

217 — NATTIER (École de. Portrait de jeune Femme. ayant l'Amour à son côté. H. 1^{m}22. L. 0^{m}94.

218 — NATTIER (D'après,. Portrait d'une jeune Femme, représentée en Vestale.

219 — NATTIER D'après). Portrait d'un jeune Seigneur, revêtu de la cuirasse et portant le cordon du Saint-Esprit.

220 — PALMA VECCHIO. Portrait du sénateur Antonio Bentivoglio, en 1553.

221 — RESTOUT Attribué à. Portrait d'Homme portant la cuirasse.

222 — RIGAUD. Portrait d'Homme coiffé d'une perruque poudrée. revêtu d'une cuirasse et d'un manteau rouge.

223 — RIGAUD Attribué à. Portrait d'un Commandant d'armée, revêtu d'une cuirasse et portant le cordon du Saint-Esprit.

224 — SANTERRE Attribué à). Portrait d'une Femme tenant un livre.

225 — VÉLASQUEZ (École de. Portrait d'une grande Duchesse de Modène.

226 — ÉCOLE FRANÇAISE. Portrait de Nicolas Coquelin, chancelier et docteur en Sorbonne.

227 — ÉCOLE FRANÇAISE. Portrait de jeune Femme en robe blanche, ornée d'un nœud rouge.

228 — ÉCOLE FRANÇAISE. Portrait de Femme tenant un livre, le bras droit accoudé sur une natte.

229 — ÉCOLE FRANÇAISE. Portrait d'Homme coiffé d'une perruque. Daté 1736.

230 — ÉCOLE FRANÇAISE. Portrait d'Homme portant une cuirasse à ornements dorés.

231 — ÉCOLE FRANÇAISE. Portrait de jeune Femme en buste de face, vêtu d'un corsage blanc. Pastel de forme ovale.

232 — ÉCOLE ESPAGNOLE. Portrait d'un jeune Prince portant la Toison d'Or.

———

TABLEAUX DE DIVERSES ÉCOLES

233 — BERGHEM (Genre de). Muletiers dans un paysage accidenté. H. 1ᵐ55, L. 2ᵐ27.

234 — BESCHEY (Balthazar). Réception d'un Président d'une académie de peinture. H. 2ᵐ80, L. 5ᵐ35.

235 — BLANCHARD. Composition allégorique.

236 — BOUCHER (École de). Femme et Enfant au bord d'un cours d'eau.

237 — CODDE P.. Fumeurs; composition de trois figures.

238 — COURTOIS dit le BOURGUIGNON. Bataille.

239 — CRÉPIN. Intérieur de forêt.

240 — DOSSO DOSSI. La Fuite en Égypte. H. 1^m86. L. 1^m34.

241 — FRANCK. Vue de Venise avec nombreux personnages au premier plan.

242 — GUERCHIN (École du). La Vierge et l'Enfant Jésus. Forme ovale. H. 2^m45. L. 1^m80.

243 — HUET J.-B.. Le petit Berger.

244 — LAGRENÉE. Invocation à l'Amour.

245 — LAJOUE. Le Sommeil de Vénus.

246 — LANCRET (Genre de. Le Duo.

247 — MANS François). Scène de patinage.

248 — MARTIN. Choc de Cavalerie.

249 — RAOUX Attribué à. Madeleine au désert.

250 — RICCI Attribué à). Deux Apothéoses.

251 — RUBENS École de'. Quatre Compositions tirées de la Fable. Peintures sur cuivre.

252 — RUYSH (Rachel. Bouquets de fleurs dans des vases de cristal. Deux pendants.

253 — SCHALL Attribué à. L'Amour et la Folie.

254 — SCHUT C.). La Cène.

255 — VELASQUEZ (D'après). Les Lances. Belle copie ancienne du célèbre tableau de Madrid. H. 3^m10. L. 3^m65.

256 — WATTEAU (École de'. Conversation galante près du péristyle d'un palais.

257 — ÉCOLE FRANÇAISE. Jeune Femme à sa toilette, tenant une boîte à mouches.

258 — ÉCOLE FRANÇAISE. Le petit Joueur de vielle.

259 — ÉCOLE FRANÇAISE. Vertumne et Pomone.

260 — ÉCOLE HOLLANDAISE du XVIIIe SIÈCLE.
Retour des Moissonneurs.

261 — ÉCOLE HOLLANDAISE du XVIIIe SIÈCLE.
Coq et Poules.

Vacation du Jeudi 13 Janvier

PANNEAUX DÉCORATIFS

262 — BOUCHER (École de). Le Sommeil de l'Amour, grisaille.

263 — BOUCHER (École de). Le galant Berger.

264 — BOUCHER (Genre de). Pastorale.

265 — BOUCHER (D'après). Les Amours oiseleurs.

266 — BOUCHER D'après. Vénus et l'Amour.

267 — DESPORTES (École de). Cerf forcé par les chiens.

268 — DESPORTES (École de). Levrier blanc.

269 — DYCK (D'après Van). Vénus et Vulcain.

270 — EISEN (Genre de). Jeux d'Amours sur des nuages. Deux pendants.

271 — GIORDANO (Luca). Le Triomphe de Cybèle. H. 2^{m}95. L. 4^m.

272 — LAJOUE (Genre de). Figures orientales et ornements rocailles, peinture en camaïeu bleu.

273 — LERICHE. Brûle-Parfums et branche de rosier.

274 — LERICHE (Genre de). Brûle-Parfums avec guirlandes de roses.

275 — MONNOYER (Ecole de). Jardinières remplies de fleurs. Deux pendants.

276 — MONNOYER (École de). Fleurs et fruits.

277 — OUDRY (Genre de). Chien et cygne.

278 — OUDRY (D'après). Chien blanc en arrêt.

279 — POUSSIN (École du). Allégorie de la Paix.

280 — ROMANELLI. Hercule et Omphale.

281 — RUBENS (D'après). Grande Composition allégorique avec figures d'enfants au premier plan.

282 — VICTORS (Attribué à). Oiseaux de basse-cour. Deux grands panneaux décoratifs.

283 — ÉCOLE FRANÇAISE. Muse de la Danse.

284 — ÉCOLE FRANÇAISE. Oiseaux de toutes sortes. Quatre tableaux.

285 — ÉCOLE FRANÇAISE. Quatre Panneaux de meuble, peintures en grisaille, représentant des jeux d'Enfants.

286 — ÉCOLE FRANÇAISE. Le Soir, passage accidenté dans un encadrement de rocailles.

287 — ÉCOLE FRANÇAISE. Fleurs dans un vase doré. Panneau en hauteur.

288 — ÉCOLE FRANÇAISE. Les Vendanges, scène enfantine.

289 — ÉCOLE FRANÇAISE. Scène enfantine.

290 — ÉCOLE FRANÇAISE. La Pêche et la Vendange.

291 — ÉCOLE FRANÇAISE. Bouquet de fleurs dans un vase doré. Panneau décoratif en hauteur.

292 — ÉCOLE FRANÇAISE. Groupes d'Enfants, quatre petits panneaux.

293 — ÉCOLE FRANÇAISE. Vase de fleurs.

294 — ÉCOLE FRANÇAISE. Vase de fleurs.

295 - ÉCOLE FRANÇAISE. Paysage, camaïeu bleu.

296 — ÉCOLE FRANÇAISE. Diane et Endymion.

297 — ÉCOLE FRANÇAISE. Le Sommeil de Vénus.

298 — ÉCOLE FRANÇAISE. La mort d'Adonis.

299 — ÉCOLE FRANÇAISE. Deux Corbeilles de fleurs.

300 — ÉCOLE FRANÇAISE. Nymphe et Amour.

301 — ÉCOLE FRANÇAISE. Chien et Fruits.

302 — ÉCOLE FRANÇAISE. Cinq Médaillons-Bustes dans des couronnes de fleurs.

303 — ÉCOLE FRANÇAISE. Deux Amours jouant avec un oiseau.

304 — ÉCOLE FRANÇAISE. Corbeille de fleurs.

305 — ÉCOLE HOLLANDAISE. Vues de Parcs. Trois tableaux.

306 — ÉCOLE HOLLANDAISE. Fruits sur un plat de métal.

307 — ÉCOLE HOLLANDAISE. Fleurs dans un vase en terre cuite.

308 — ÉCOLE HOLLANDAISE. Melons, pêches et prunes.

309 — ÉCOLE HOLLANDAISE. Amours dans les nues.

310 — ÉCOLE HOLLANDAISE. Amours dans des médaillons. Deux grisailles.

311 — ÉCOLE ITALIENNE. Grand sujet mythologique : Femme assise.

312 — ÉCOLE ITALIENNE. Groupe de trois Amours. Deux pendants.

313 — ÉCOLE ITALIENNE. Deux frises représentant des naïades et des tritons.

314 — ÉCOLE ITALIENNE. Mercure et Pandore.

315 — ÉCOLE ITALIENNE. Paysages : deux trumeaux.

316 — ÉCOLE ITALIENNE. Sainte Famille. Peinture en grisaille.

317 — ÉCOLE MODERNE. Trois vases d'orfèvrerie.

DESSUS DE PORTES

318 — BOUCHER (Genre de). Groupes d'Amours. Deux dessus de portes.

319 — BOUCHER (École de). La Musique et la Poésie. Dessus de porte en grisaille.

320 — BOUCHER (École de). Amour et Coq. Dessus de porte en grisaille.

321 — CRÉPIN. Paysages avec rochers. Trois dessus de portes.

322 — EISEN (Genre de). Amours et fleurs. Dessus de porte.

323 — SAUVAGE (Genre de). L'Été et l'Hiver. Deux dessus de portes en grisaille.

324 — VOUET (École de S.). Figures allégoriques. Quatre dessus de portes.

325 — ÉCOLE FRANÇAISE. Amours enguirlandant des vases. Deux dessus de portes.

326 — ÉCOLE FRANÇAISE. Fruits et Gibier. Deux dessus de portes.

327 — ÉCOLE FRANÇAISE. Gibier et fleurs.

328 — ÉCOLE FRANÇAISE. Les Saisons. Trois dessus de portes, en camaïeu bleu.

329 — ÉCOLE FRANÇAISE. Enfant et Chien. Grisaille.

330 — ÉCOLE FRANÇAISE. Enfants musiciens. Grisaille.

331 — ÉCOLE FRANÇAISE. Triomphe d'Amphitrite. Petit dessus de porte.

332 — ÉCOLE FRANÇAISE. Jeu d'enfants. Petit dessus de porte.

333 — ÉCOLE FRANÇAISE. Groupe de trois enfants grisaille.

334 — ÉCOLE FRANÇAISE. Vases et guirlandes de fleurs. Deux dessus de porte.

335 — ÉCOLE FRANÇAISE. La Renommée.

336 — ÉCOLE FRANÇAISE. Motifs de fleurs et rubans bleus. Quatre dessus de portes.

337 — ÉCOLE FRANÇAISE. Trophées d'armes. Deux petits dessus de portes.

338 — ÉCOLE HOLLANDAISE. Figures allégoriques dans des médaillons. Trois dessus de portes, peints en grisaille.

339 — ÉCOLE HOLLANDAISE. Scènes enfantines. Deux dessus de portes.

340 — ÉCOLE ITALIENNE. Fleurs et fruits. Dessus de porte.

341 — ÉCOLE MODERNE. Vase et guirlande de fleurs.

PORTRAITS

342 -- CHAMPAGNE (Attribué à Ph. DE). Portrait d'Homme tenant un livre.

343 — DAVID (École de). Portrait d'un jeune Homme.

344 — LOO (D'après VAN). Portrait du Roi Louis XV, jeune.

345 -- MORONE (Attribué à). Portrait d'Homme en pourpoint noir.

346 — PINCHON (1799). Portrait d'Homme.

347 — VELASQUEZ (D'après). Portrait d'une Infante.

348 — ÉCOLE FRANÇAISE. Portrait de Femme tenant une branche de lis.

349 — ÉCOLE FRANÇAISE. Portrait d'Homme en buste, en costume du temps de Louis XIII.

350 — Portrait de Femme, en pied, entourée d'amours.

351 -- ÉCOLE FRANÇAISE. Portrait d'Homme en habit gris.

352 — ÉCOLE FRANÇAISE. Portrait de l'Impératrine Catherine II de Russie.

353 — ÉCOLE FRANÇAISE. Portrait de Femme.

354 — ÉCOLE FRANÇAISE. Portraits d'Homme et de Femme en costume du xvie siècle.

355 — ÉCOLE FRANÇAISE. Portrait d'Homme.

356 — ÉCOLE FRANÇAISE. Portrait de Femme.

357 — ÉCOLE FRANÇAISE. Portrait du Duc du Maine.

358 — ÉCOLE FRANÇAISE. Portrait d'Homme.

359 — ÉCOLE FRANÇAISE. Portrait d'un Guerrier.

360-353 — ÉCOLE FRANÇAISE. Quatre Portraits :
Louis XV, Marie Leczinska et Personnages de
la Cour.

364-370 — ÉCOLE FRANÇAISE. Sous ces numéros :
Nombreux Portraits de Personnages histori-
ques et autres des xvii⁰ et xviii⁰ siècles

371 — ÉCOLE FLAMANDE. Portrait d'homme revêtu
d'une riche armure.

372 — ÉCOLE HOLLANDAISE. Portrait d'Enfant au
maillot.

373 — ÉCOLE ANGLAISE. Portrait d'un Officier.

374 — ÉCOLE ITALIENNE. Portrait présumé de
Charlotte de Savoie, en pied, grandeur nature.

375 — ÉCOLE ITALIENNE. Portrait de Femme en
riche costume du xvi⁰ siècle.

376 — ÉCOLE ITALIENNE. Portrait d'Homme en
costume du xvii⁰ siècle.

TABLEAUX DE DIVERSES ÉCOLES

377 — CANALETTO (Genre de). Le Grand Canal, à
Venise.

378 — DIGOUT, 1846. Le Buveur.

379 — DOYEN. La Mort de Patrocle ; esquisse.

380 — HOREMANS. Intérieur hollandais.

381 — HOREMANS. Scène d'intérieur.

382 — NETSCHER (Attribué à). Femme et Amours
dans un parc.

383 — OUDRY (J.-B.). Paysage. Pastel signé.

384 — RAOUX (Attribué à). Vestales.

385 — ÉCOLE FRANÇAISE. Les Bulles de savon.

386 — ÉCOLE FRANÇAISE. Enfants chassant le cerf.

387 — ÉCOLE FRANÇAISE. Léda.

388 — ÉCOLE FRANÇAISE. Porte d'une villa.

389 — ÉCOLE FRANÇAISE. Paysage.

390 — ÉCOLE FRANÇAISE. Tête d'homme; fragment de tableau.

391 — ÉCOLE ALLEMANDE DU XVIᵉ SIÈCLE. Sujets religieux; panneau peint sur les deux faces.

392 — ÉCOLE FLAMANDE. Une Exécution. Peinture sur cuivre.

393 — ÉCOLE FLAMANDE. Figure de Sainte.

394 — ÉCOLE HOLLANDAISE. Un Parc.

395 — ÉCOLE BOLONAISE. Intérieur de parc avec figures mythologiques.

396 — ÉCOLE FLORENTINE. Saint Jean-Baptiste.

397 — ÉCOLE VÉNITIENNE. Sainte Catherine, de profil.

398 — ÉCOLE ITALIENNE. Christ en croix et la Madeleine.

399 — ÉCOLE ITALIENNE. Un Amour.

400 — ÉCOLE ITALIENNE. Tête de Nègre, de profil.

401 — ÉCOLE GRÉCO-RUSSE. La Vierge et l'Enfant Jésus.

402 — ÉCOLE GRÉCO-RUSSE. Un Tabernacle.

403 — ÉCOLE GRÉCO-RUSSE. Peinture russe.

Vacation du Vendredi 14 Janvier

TABLEAUX DES DIVERSES ÉCOLES

404 — BONIFAZIO (Attribué à). Christ mort soutenu par des Anges.

405 — CARRACHE (ANNIBAL). Polyphême et Galatée.

406 — CARRACHE (ANNIBAL). Persée et Andromède.

407 — DECAMPS (Attribué à). Lapins, peinture, signée Decamps, 1819.

408 — DIETRICH. Tête de vieillard.

409 — DYCK (D'après VAN). Lutte d'enfants.

410 — FRANCK FLORIS. La Chute des anges rebelles.

411 — FRANCK. Un Festin.

412 — FRANCK (École des). Le Calvaire.

413 — GUARDI (D'après). Paysage avec ruines.

414 — HOBBEMA (Genre de). Petit Paysage.

415 — HOET (GÉRARD). L'Adoration des bergers. Peinture sur cuivre.

416 — JEAURAT (Attribué à). Scène champêtre.

417 — LANCRET (Genre de). Le Contrat.

418 — LANFRANC. Le Père éternel.

419 — LOCATELLI. Grand Paysage avec figures.

420 — LUINI (Attribué à). Le Christ au roseau.

421 — PONTORMO (École du). Mariage de sainte Catherine.

422 — POUSSIN (Attribué à Nicolas). Les Philistins frappés par la peste.

423 — RAOUX (Genre de). Le Concert.

424 — RIBERA (Attribué à). Sainte Thérèse.

425 — RUBENS (D'après). Les Trois Grâces.

426 — RÉMY. Scène historique.

427 — SALVATOR ROSA (Attribué à). Bataille.

428 — SCHIAVONE. Saint Georges terrassant le démon.

429 — SOLIMÈNE. Apothéose de sainte Thérèse.

430 — TÉNIERS (École de). Le Fou.

431 — VERNET (Genre de J.). Le Sauvetage.

432 — VÉRONÈSE (École de). Vénus et l'Amour.

433 — WITHOOS. Parc aux environs de Rome.

434 — VOLAIRE. Un Incendie.

435 — ZEEMAN. Tour en ruine au bord de la mer.

436 — ÉCOLE FRANÇAISE. Femme assise sur un canapé. Esquisse.

437 — ÉCOLE FRANÇAISE. La Courtisane amoureuse.

438 — ÉCOLE FRANÇAISE. La Moisson.

439 — ÉCOLE FRANÇAISE. Paysage.

440 — ÉCOLE FRANÇAISE. Tête d'homme.

441 — ÉCOLE HOLLANDAISE. Famille réunie dans un intérieur.

442 — ÉCOLE HOLLANDAISE. La Ménagère.

443 — ÉCOLE ITALIENNE. Marine, Tempête.

444 — ÉCOLE ITALIENNE. Sainte Famille.

445 — ÉCOLE ITALIENNE. Villageoise.

446 — ÉCOLE ITALIENNE. Tête de Vierge.

447 — ÉCOLE ITALIENNE. Baptême.

448 — ÉCOLE ITALIENNE. Le Peintre et ses Modèles.

449 — ÉCOLE ITALIENNE. La Nativité.

450 — ÉCOLE ITALIENNE. Palais au bord de la mer.

451 — ÉCOLE ITALIENNE. Un Enlèvement.

452 — ÉCOLE VÉNITIENNE. Port de mer.

453 — ÉCOLE VÉNITIENNE. La Vierge, Jésus et sainte Elisabeth.

458 *bis.* — Plusieurs Tableaux des diverses Écoles.

OBJETS D'ART, CURIOSITÉS ET MEUBLES

454 — Huilier Louis XV en argent, à cordon de perles et deux Burettes en cristal à facettes avec bouchons en argent.

455 — Lot de Monnaies d'argent.

456 — Sucrier côtelé en argent de forme Louis XV.

457 — Deux Salières ovales en argent.

458 — Gobelet du xviie siècle en vermeil, à décor d'oiseaux et de guirlandes en relief.

459 — Plat ovale en faïence de Moustiers, à figures et
ornements.

460 — Plat ovale et Cuvette en faïence de Marseille,
décor à fleurs.

461 — Grande Bonbonnière en porcelaine cloisonnée
du Japon.

462 — Encrier, Plats et Vases en faïence et porcelaine.

463 — Objets d'étagère, verrerie et porcelaine.

464 — Petit Cartel Louis XV en bronze, en forme de
bénitier.

465 — Deux Flambeaux Louis XV, en cuivre doré.

466 — Calice du xviie siècle à pied lobé en cuivre
repoussé et doré, à décor de figures, de mascarons et de fruits.

467 — Lampe et Flambeaux en cuivre.

468 — Bronze, Coq-Faisan et Lézard, par Jules
Moigniez.

469 — Petite Pendule de style Louis XVI en bronze
ciselé et doré, modèle à vase et colonnes
cannelées.

470 — Deux petits Flambeaux cannelés, même style.

471 — Deux Flambeaux cassolettes Louis XVI en
bronze doré avec tiges et bases en marbre
blanc.

472 — Deux Flambeaux en cuivre argenté, supportant
des branches à deux lumières.

473 — Lustre en cuivre à neuf lumières, garni de cris-
taux, style Louis XIV.

474 — Paire d'Appliques à six lumières, de même style

475 — Deux Appliques à deux lumières chaque, époque
Louis XVI.

476 — Deux Flambeaux Louis XIV en cuivre, gravé et
argenté.

477 — Petit Lustre flamand en cuivre poli, à douze
lumières disposées sur deux rangs.

478 — Fontaine et son bassin en cuivre avec support en
bois, formé d'une tête d'enfant sculptée en
ronde-bosse.

479 — Grande Pendule Louis XV et son support cul-de-
lampe en marqueterie de cuivre et d'écaille,
garnie de bronzes.

480 — Pendule Louis XV plaquée de corne verte et
garnie de cuivres à fleurs et rocailles.

481 — Belle Garniture chinoise en bois de fer finement
sculpté, enrichie d'émaux cloisonnés, de pla-
quettes ajourées et d'appliques en jade et pierres
diverses. Elle se compose : 1° d'un petit Meuble
à nombreux tiroirs et réduits ayant la forme
d'une jonque surmontée de pavillons, de ter-
rasses de vases de fleurs et d'une lanterne sus-
pendue au mât ; 2° de deux Tours ou Pagodes
hexagones à galeries et toitures à clochettes.

482 — Deux Statues en bois sculpté, demi-nature, de
porte-étendards, revêtus de riches armures
du XVIᵉ siècle, l'une ancienne avec parties
refaites, l'autre de travail moderne.

483 — Crédence en chêne sculpté et noirci de style
Louis XIII, à décor d'entrelacs et de rinceaux
avec colonnettes cantonnées aux angles.

484 — Table italienne en bois noir, décoré d'incrustations et de plaques gravées en ivoire.

485 — Quatre Chaises de même travail, première et deuxième partie.

486 — Baromètre Louis XVI en bois sculpté et doré, à guirlandes de lauriers et festons de fleurs et surmonté d'un médaillon contenant une gouache (Nymphe et Amour), dans le goût de Fragonard.

487 — Paravent en bois noir et à six feuilles garnies de velours grenat.

488 — Bibliothèque à deux corps en bois noir et marqueterie de cuivre et d'écaille.

489 — Table-Console en bois sculpté à pieds contournés, ornés de feuilles et reliés par des traverses en croix supportant un vase. Dessus en marbre.

490 — Console Louis XVI, forme demi-lune en bois rose, à dessus de marbre blanc.

491 — Guéridon chinois en bois de fer sculpté, bandeau ajouré, pied à figures et chimères.

492 — Grande Console Louis XV en bois doré avec dessus en marbre.

493 — Glace à cadre doré.

494 — Armoire Louis XV en noyer, à portes pleines, ornées de moulures et à corniche cintrée.

495 — Meuble de style Louis XIII, à deux corps, en bois sculpté, ouvrant à quatre vantaux, décorés de bas-reliefs : Sujets religieux.

496 — Cabinet italien en ébène, décoré d'incrustations d'ivoire et sa Table-Console.

497 — Chiffonnier en bois rose et bois satiné à sept tiroirs.

498 — Secrétaire Louis XVI en bois rose et bois satiné.

499 — Meuble à deux corps en chêne sculpté, de l'époque Louis XV, le bas à portes pleines, le haut à portes vitrées.

500 — Petite Armoire en bois sculpté à portes vitrées.

501 — Coffret en bois sculpté à cariatides et arabesques, style Renaissance.

502 — Cinq Fauteuils en noyer sculpté du temps de Louis XV, recouverts en velours rouge frappé.

503 — Fauteuil de même époque couvert en velours.

504 — Six Chaises en noyer sculpté, garnies en velours, époque Louis XV.

505 — Fauteuil à accoudoirs et pieds tors, couvert en velours rouge uni.

506 — Chaise Louis XIV, garnie en velours rouge uni.

507 — Deux Chaises en bois sculpté, à dossiers ajourés, couvertes en velours rouge frappé.

508 — Chaise à porteurs de l'époque Louis XV, décorée d'amours, de guirlandes de fleurs sur fond rouge.

509 — Deux Panneaux de traineau, décorés de figures mythologiques et d'ornements rocailles dorés.

510 — **LIVRES.** — Quelques Volumes reliés : Dictionnaire des Peintres, par Siret. — La Vie des Peintres flamands, par Descamps. — Géographie universelle, par Malte-Brun. — Rabelais, illustré par G. Doré. — Vie des Peintres les plus célèbres, par Landon, avec planches gravées au trait, etc., etc.

Vacation du Samedi 15 Janvier

—

NOMBREUX CADRES en bois sculpté et en pâte.

NOMBREUSES TOILES décoratives non montées sur châssis.

DEUX GRANDES PORTES italiennes, à ornements sculptés et rapportés, époque Louis XIV.

Vve Renou et Maulde, imprimeurs de la Compagnie des Commissaires-Priseurs, rue de Rivoli, 144.   1000—73948

RED. :

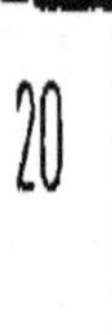
20

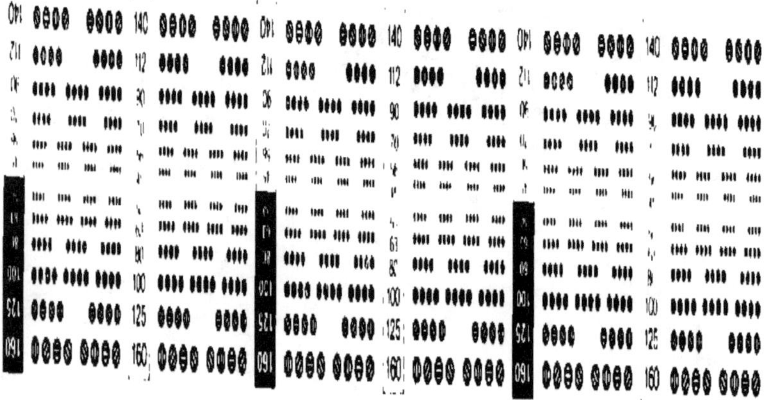
MIRE ISO N° 1
NF Z 43-007
AFNOR
Cedex 7 - 92080 PARIS-LA-DEFENSE
graphicom

0 1 2 3 4 5 6 7 8 9 10